AF372282

Ledra

Sirena sotto copertura
Il Principe dei principi

Ledra

Il Principe dei principi

1

«Ohhhh, scimunita, ma che ci fai abbracciata a quell'albero?» urlò Jessica, entrando nel giardino.

Sirena si riscosse e le gettò un'occhiata assassina.

«Non è un albero qualunque, è una quercia secolare, *ignurant*» urlò di rimando, cercando di percorrere con la voce i cinquanta metri che la separavano da una Jessica accigliata all'entrata del parco.

L'altra compì di corsa i metri necessari per pararsi a poca distanza dal suo sguardo infuocato.

«Poche palle. Per prima cosa dimmi perché mi hai chiesto di venire in questo deserto di sabato! Ti rendi conto che all'alba i miei radicali liberi dovrebbero riposare per dare lucentezza alla pelle? E, seconda cosa, non secondaria alla prima, per inciso, cosa cazzo ci fai abbarbicata a quella *quercia secolare?*» Portò le mani sui fianchi e soffiò sul naso dove le si era appoggiato un riccio ribelle.

Sirena sbuffò. «La abbraccio» rispose con sufficienza strofinando il viso sulla corteccia dura. Sperava solo di non procurarsi una guancia piena di schegge.

Jessica la investì come un tornado, la strappò a forza dall'albero e la gettò a terra. «Senti, stronzetta, adesso mi rispondi, altrimenti ti riduco in poltiglia come un caco pestato.»

Sirena sorrise. Quel folletto era più basso di quindici centimetri e più magro di quindici chilogrammi, dubitava potesse batterla, ma per gentilezza decise di lasciarglielo credere. Si sedette come se si trovasse sopra un trono e fece cenno all'amica di accomodarsi sul prato, a debita distanza, però. L'altra crollò con la delicatezza di un rinoceronte arrabbiato. Le mancava solo il fumo dal naso e la metamorfosi da rinoceronte a drago sarebbe iniziata.

Sirena inspirò ed espirò. Non le veniva nessun mantra in mente per trovare lo stato zen, quindi mandò a fanculo qualsiasi tentativo di essere in pace con se stessa e il mondo. La filosofia non faceva per lei.

«Semplicemente avevo bisogno di un abbraccio» rispose, alzando le spalle.

«Potevi farlo con la pianta che avevi in casa. Così non facevi tutto questo casino.» L'amica la fissava con un cipiglio ancora belligerante.

«Jessica, ma è un cactus» disse allucinata.

L'altra la osservò e poi, all'unisono, scoppiarono in una grande risata.

«Forza, dimmi cosa ti angustia.» Jessica asciugò le lacrime sfuggite per il troppo ridere e Sirena tornò subito seria, cercando di trovare le parole giuste.

«Ho fallito la mia missione sulla Terra. Su cinque discendenti di principi che dovevo sventrare, non ne ho fatto fuori neppure mezzo» mormorò, sconsolata.

«Hai ragione» osservò Jessica senza pietà. La cosa era strana, visto che sfoggiava anche un sorriso a trentadue denti.

«Ti diverti tanto a prendermi in giro, vero?» Era pronta a prendere un ciuffo d'erba e ficcarglielo nel gozzo.

L'altra annuì soddisfatta. Sirena sradicò qualche pianta, pronta ad agire. Si bloccò, però, sentendo la replica dell'amica: «In realtà, tu hai strappato loro un organo più importante. Non li avrai uccisi nel vero senso della parola, ma ci sei andata vicino sentimentalmente» ghignò.

Si sentì confusa. Che andava elucubrando? Organo? Sentimento? Morte? Mah. Decise di aspettare l'ulteriore spiegazione prima di infilarle anche un paio di denti di leone in bocca. Erano belli, gialli, e perfetti per la gola di Jessica.

«Ma non ti sei accorta che hai strappato loro il cuore e gliel'hai ridotto in poltiglia?» riprese a dire l'altra, gongolante.

«Tutte e cinque: sedotti e abbandonati. E senza tanti *arrivederci*.»

Accidenti, doveva purtroppo darle ragione. A pensarci era stato proprio così.

«Uahhhhh, mi hai risollevato l'umore. Sei un genio» urlò entusiasta dandole il cinque. Si era avvicinata un po' all'amica. Si meritava il posto più vicino a lei, realizzò soddisfatta.

«Adesso, però, dobbiamo lavorare per incastrare il più refrattario e poi la vendetta sarà conclusa e potrai tornare nel tuo mondo perfettamente soddisfatta» spiegò Jessica.

Annuì, sorridendo. Sì, le mancava solo il fiore all'occhiello: catturare e spolpare il più coriaceo.

«Sarà difficile conquistare Palmenti, ma porterò a casa il risultato. Mi impossesserò del cuore del discendente del Principe che mi ha mollato per quella stronza umana e lo farò a fettine. Principe dei principi sarai mio!» giurò alla natura. In quel momento attorniata dal verde e dal cielo terso si sentiva invincibile. Nessuno avrebbe avuto da ridire.

* * *

No, no, non avrebbe risposto per nulla al mondo. Il display continuava a illuminarsi ma lei aveva messo quel mostro rumoroso in modalità silenziosa. Era una delle primissime cose che si era imposta osservando i bipedi così dipendenti dal cellulare: lei era per l'uso del cellulare in maniera contraria, ovvero, non usarlo affatto. Per quanto la riguardava poteva anche morire che ne sarebbe stata orgogliosa, purtroppo le era stato appioppato dalla redazione e non poteva affogarlo nel WC.

Si aggiustò nella sua posizione preferita. Stesa sul divano, con un cuscino morbido sotto la testa e uno per ciascun piede, non stava neppure tanto male. Riguardò l'aggeggio ripartire e sbuffò. Con rabbia premette il verde.

«Cosa non ti è chiaro nel mio messaggio: *sono ammalata, oggi non vengo al lavoro?*» sbraitò come un pittbull ringhiante.

«Non sei mai stata ammalata da quando ti conosco. Scusami, *my lady*, se volevo sapere se necessitavi di qualcosa!» rispose Palmenti con una voce che travalicava le montagne.

Lei alzò le spalle con la convinzione di aver fatto male a rispondere. Cavoli, era vero che lui era il suo capo, ma non era a sua disposizione sempre, o no?

«Te l'avrei chiesto» gli disse con una punta non troppo velata di acidità. Lo sentì inspirare e cominciò a contare, sicura che al cinque sarebbe scoppiato. Invece arrivò a cinquantadue senza che fiatasse. Si preoccupò un attimo. Aveva riattaccato? Staccò il cellulare dall'orecchio e guardò il display. Sembrava tutto a posto.

«Weilà, capo, ci sei ancora?» chiese con una voce divenuta timorosa. Sentì qualche suono dall'altra parte. Sembrava un mantice.

«Ci sono. Sto cercando di calmarmi per non venirti a strozzare» le rispose.

Le spuntò un sorriso. Almeno non la voleva aggredire davvero. All'improvviso si trovò accecata da un lampo mentale. Ma che cosa stava combinando? Doveva o non doveva sedurlo in modo da raggiungere l'obiettivo?

Aveva sbagliato tutto. Doveva cambiare tattica.

«Scusami, non era mia intenzione essere brusca» miagolò. Sperava di essere stata abbastanza sensuale da farglielo pervenire per telefono. Si stese ancora più allungata sul divano, assumendo una posa plastica. Jessica le aveva spiegato che gli uomini percepivano anche l'energia del corpo nonostante non l'avessero davanti. Lei ne dubitava. Neppure con una mappa e una freccia posizionata in modo strategico, Palmenti avrebbe raggiunto il suo corpo, altro che energia.

«Hei, ma allora hai mal di gola. Potevi dirmelo che con le placche non riesci a parlare bene» rispose il troglodita analfabeta.

Si riscosse e si mise seduta. Solo che lo sforzo la fece imprecare. Che dolore allucinante ai piedi.

«Ohhhh, che succede? Perché urli?» Il tono di Palmenti d'un tratto sembrava allarmato.

Avrebbe voluto lanciargli una ciabatta nel terzo occhio. Peccato che non ne portasse di dure, che lui non possedesse un terzo occhio e non fosse lì a portata di lancio.

«La mia gola sta benissimo. Ho solo delle enormi vesciche ai piedi e non riesco a camminare» latrò indispettita. Non gli confessò che Jessica l'aveva costretta a sfilare per cinque ore con tacco dodici per assumere una andatura da fatalona. E ora, per colpa dell'amica, si trovava con i piedi a pezzi!

«Ahhh, ma allora puoi lavorare. Hai mani e cervello funzionanti. Aspetto l'articolo per domani mattina. Ciao» chiuse la telefonata, l'uomo che non doveva chiedere mai.

Lei rimase interdetta e con il cellulare in mano. Basita, cercò di richiamarlo per dirgliene diciotto, ma lui non rispose. Bene, voleva la guerra? E guerra sarebbe stata. Lo avrebbe portato a mangiare dalla sua mano e a genuflettersi al suo passaggio. Parola di Sirena sotto copertura.

2

Tre giorni interminabili a riposare, ma in quel momento si sentiva imbattibile. Ormai le vesciche le facevano un baffo. Si sentiva bella, irresistibile e potente. Inoltre, le sue due personal shopper, Jessica ed Edith, le avevano garantito che con quel look avrebbe rianimato anche un eunuco.

Si guardò le scarpe: tacco dodici, colore verde acido. A lei sembravano più verde vomito, ma Jessica l'aveva rassicurata che era proprio il colore del momento. Palmenti non avrebbe avuto scampo. Sospirò. Era arrivata con le scarpe da ginnastica più comode della storia delle calzature e poi, per arrivare alla conquista, aveva dovuto rinunciarvi e indossare quei trampoli.

Fece due balzelli sul posto. Perfetto, con il nuovo reggiseno le tette rimanevano in posizione. Fece qualche passo provando a prendere l'andatura giusta, ma il budello che aveva al posto della gonna tentava di inerpicarsi sempre di più. La tirò giù con uno strattone, mentre la maglia monospalla perdeva l'unica manica. Cercando di non rendersi ridicola, bloccò la manica con una mano, con l'altra si dedicò a far vedere meno sedere possibile. Mandò a fanculo l'ondeggiamento sensuale e si diresse verso l'ascensore sperando di non aver dato troppo nell'occhio. Alzò lo sguardo dalla pulsantiera e con orrore si accorse che i colleghi la fissavano tra lo sbigottito e il divertito. Si sarebbe voluta scavare la fossa da sola. Purtroppo, non aveva una pala dietro.

Sospirò quando le porte si chiusero. Un solo piano la separava dall'uomo che avrebbe sedotto e abbandonato. Al trillo dell'arrivo prese coraggio e si diresse all'ufficio del capo. Bussò con trepidazione e non aspettò neppure l'avanti, considerato lo stato di agitazione. Cominciava anche a scapparle la pipì. Quando si emozionava era peggio di un cane. Sbuffò e assunse la posizione che aveva a lungo imparato. Palmenti la fissava con le sopracciglia aggrottate. Lei tirò indietro le spalle e continuò l'avanzata. Era un'amazzone guerriera. Ce l'avrebbe fatta. Guadagnò la sedia senza spiccicare parola. Era sempre una sirena, non poteva parlare e far muovere le gambe in contemporanea. Tirò un altro sospiro quando planò sulla seduta dura come un'ostrica di mare.

«Non avevo capito che intendevi fare un nuovo reportage sotto copertura. Vuoi infiltrarti nel mondo delle squillo per capirne i meccanismi?» le chiese Palmenti, sconcertato.

Ebbe l'impulso di ficcargli il tacco delle scarpe proprio su per il naso. Si trattenne. Sarebbe stato un reato nel mondo degli umani. Portò la mano al cuore cercando di calmarsi, mentre l'altro aspettava una risposta. Con costernazione si accorse che nessun luccichio divertito gli ornava gli occhi verdi smeraldo. Cavolo era serio. Cosa rispondere? Non voleva essere presa in giro a vita se gli avesse risposto di no. Non era preparata a essere rifiutata. Anzi, dalla faccia del capo, non sembrava proprio essersi posto nessun dubbio su una risposta diversa.

Decise in fretta la strategia da adottare. Purtroppo c'era un'unica risposta da dare: «Sì, sono adatta alla parte?» disse, facendo tintinnare la decina di braccialetti glitterati che le ornavano i polsi.

«Semplicemente perfetta.» Il capo esibì un sorriso da infarto. Cavolaccio nero, il primo complimento da parte di quell'uomo e neppure per una cosa che aveva veramente progettato.

Annuì con rassegnazione e guadagnò l'uscita ancheggiando il meno possibile. Il budello color pesca stava pericolosamente salendo, mentre la manica color lavanda scendeva sempre più. Rimise in posizione le mani e uscì dall'ufficio, ma udì comunque la risata impazzita dello stronzo intergalattico.

3

Si asciugò la fronte e scrollò la schiena. Quanto odiava avere le gocce di sudore che scendevano lungo la spina dorsale. Alzò un braccio e annusò l'ascella. Porca la tigre incinta. Il quintale di deodorante non stava reggendo molto. Sbuffò sbattendo il piede in terra. Poi, senza nessuna premeditazione, si afflosciò sul marciapiede. Sconfitta. In due ore, sotto il sole cocente, non era comparso nessun "cliente". Neppure per chiedere informazioni. Le veniva da piangere. Si portò le mani al viso e rimase lì qualche minuto.

Fare la prostituta sotto copertura era una tremenda agonia. Quando aveva scelto quel posto le sembrava paradisiaco. Da una parte un bel prato verde d'ammirare, sopra di lei un sole caldo e davanti una strada poco trafficata. Si era immaginata di ricevere proposte continue in modo da avere abbastanza materiale da farne un reportage. Gioco facile, si era detta. Aveva fallito: neppure il gatto che si era fermato a qualche metro aveva voluto una carezza.

«Te l'ho detto che dovevi vestirti diversamente. Sembri l'educanda di un collegio dei Muppets.» Jessica spuntò da dietro un cespuglio.

«Zitta. Ferma. Non parlare. Non farti vedere. Devi rimanere lì a coprirmi nel caso qualcuno volesse farmi del male» le urlò, alzando la testa.

Jessica si mise in piedi senza nessun timore. Vestiva di verde, con una cuffia da bagno verde acido in testa, era perfetta per il ruolo camaleontico.

«Ma che stai a dire? Non hai trovato neppure un cane che abbia tentato un genere di botta diversa. Se capisci a cosa mi riferisco.» Rise, sedendole a lato.

Sirena annuì. Non aveva del tutto compreso la battuta, ma era indubitabile che non ci fosse neppure un animale interessato a lei lì vicino.

«Inoltre, mettersi una tuta da ginnastica per fare la prostituta... Credo non sia esattamente quello che si aspettano i clienti» continuò l'amica senza pietà.

Lei sbuffò. Doveva darle ragione ma, uscita dall'ufficio di Palmenti, si era sentita talmente nuda vestita in quel modo che aveva voluto trovare un abbigliamento più comodo. Pensava che i clienti non si sarebbero fossilizzati su cosa vedevano ma avrebbero guardato al lavoro che svolgeva. Deduzione errata: avrebbe dovuto mettere in mostra tette e culo. Bene aveva imparato ciò: una prostituta non può essere timida. Deve mostrare la mercanzia e fare marketing di se stessa. Lo avrebbe inserito nell'articolo come suggerimento a chi voleva iniziare il lavoro più vecchio del mondo e non ne conosceva le basi.

«Hai ragione. Il mio lavoro da squillo di strada si conclude qui. Domani sarà un altro giorno. Vieni da me, ci facciamo una doccia e ci guardiamo *Pretty Woman*. Dobbiamo imparare le basi del mestiere dalla maestra per eccellenza.» Si alzò, tirò su anche l'amica e si diressero alla macchina.

* * *

«Mah, a me non sembra questa gran furbata arrampicarsi per la scala antincendio. Avrebbe potuto scivolare e sbattere la testa con la probabilità che il suo bel cranio si spappolasse come un'anguria gettata a terra» esordì Jessica ficcandosi in bocca una manciata di popcorn.

Sirena trasalì alla visione di Richard completamente spappolato. Allucinata, gettò un'occhiata all'amica e scosse la testa. Forse guardare insieme quel film non era stata questa idea geniale. Alzò le spalle. Ormai era fatta. Si accomodò meglio sul divano e si gustò il bacio da Oscar.

Okay, non aveva imparato proprio nulla di come fare la prostituta ma, almeno, come si dovevano posizionare correttamente le posate, quello sì.

Sospirò. Lo voleva anche lei un principe tutto suo. Si rabbuiò. Ma che stronzate sparava il suo infido cervello? Lei odiava i principi. Lo affermò sa-

19

pendo di mentire. Un certo Palmenti le era scivolato sottopelle e lei ne era un poco consapevole. Non aiutava certo che lui avesse un sedere da urlo, due spalle imponenti, un fisico da dio greco e una faccia da fotomodello. Purtroppo per la lingua biforcuta non poteva farci nulla, anche se collegata a un buon cervello. Era intelligente, purtroppo, quell'uomo. Non sarebbe stato facile intortarlo. Strofinò le mani. Però le avrebbe dato grande soddisfazione impastarlo e cuocerlo a puntino.

«Niente da fare, non ci siamo. Erano altri tempi. Tu non sei adatta a strade così trafficate. Ti storceresti una caviglia. Dobbiamo cambiare rotta, andare in quei club privé dove offrono anche servizi di escort. Faccio una ricerca veloce tra conoscenti arrapati e ti dico dove andremo stasera. Tu rilassati e dormi, perché se ci vieni con quella faccia giallastra ti portano all'ospedale invece che su un letto» ordinò Jessica, alzandosi in piedi.

Prima di poter sillabare qualcosa in risposta, l'amica aveva già infilato la porta e si era dileguata. Sirena rimase interdetta. Sulle nuvole non esisteva quella professione e nel mare i pesci non avevano bisogno di pagare per accoppiarsi. Sbuffò, che fatica era essere un'umana. Complicazioni di tutti i tipi. Chissà cos'erano questi club privé di cui aveva cianciato Jessica. Avrebbe fatto anche lei una ricerca mirata. Era o non era un'intrepida giornalista? Però prima doveva fare la cosa più importante: specchiarsi. Era dotata di faccia gialla oppure no?

* * *

«Porca la delfina incinta, cosa ci fai qui? Smamma che mi impedisci di lavorare sotto copertura se mi stai appiccicato come una tenia» gli disse quando lo vide arrestarsi a pochi centimetri dal suo voluminoso petto. Era già grande di natura, ma con il push up che Jessica l'aveva costretta a indossare le sembrava di essere una mucca da latte.

Palmenti sbuffò e lei rimase basita. Anche l'alito profumato aveva quel rompiballe micidiale. Se ne stava di fronte a lei con le mani sui fianchi e con lo sguardo del bel tenebroso incazzato, anzi molto molto incazzato. Tutt'intorno la musica pompava e le luci soffuse davano colorazioni verdastre alle persone che ballavano sconvolte.

«Dovrei rispondere a una domanda così cretina? Credevo fosse uno scherzo quello di voler fare la prostituta sotto copertura, perciò ti avevo dato il mio benestare. Non avrei mai pensato che la tua bella zucca procedesse davvero. Adesso vieni via da questo posto. Sai quanti pervertiti e pusillanime ci sono che vogliono approfittarsi di un culo come il tuo? Per giunta messo in bella mostra. Come hai osato indossare quella specie di tuta nera? Sembri la Cat Woman dei poveri!» inveì con un tono omicida.

Sirena alzò gli occhi al cielo. Per fortuna la musica era così alta che nessuno avrebbe compreso le parole altamente offensive del babbeo. Spostò il peso da un piede all'altro. Quei tacchi micidiali le stavano procurando un dolore simile a quello provato quando il principe le aveva infilzato il cuore con il suo rifiuto.

Scosse la testa. Erano passati secoli. Non doveva più pensarci. La priorità era mandare a fanculo il babbeo e continuare a stare in quel club cercando di capire le tecniche di adescamento usate dalle vere professioniste. Era lì da un'ora e aveva collezionato solo cretini che volevano inzuppare gratis il loro misero biscottino. Che squallore.

Prima di riuscire a formulare una frase di senso compiuto si ritrovò ad arrancare dietro al cavernicolo che la trascinava all'uscita. Le stringeva la mano così tanto da sentirla pulsare. I due buttafuori posizionati alla porta la guardarono con uno stano ghigno. Si insospettì. Perché non intervenivano? Lei era una donna che stava per essere rapita. Invece, con nonchalance, aprirono la porta e augurarono "buon divertimento". Cavoli, buon divertimento? Ma che storia era quella?

Furono fuori in un battibaleno, ma il primate non si arrestò. Ormai le gambe stavano per cederle quando quello fece uno stop improvviso senza avvertirla e lei si trovò a franargli contro facendo planare entrambi al suolo. Per fortuna lo zotico si era girato in tempo per abbracciarla e attutirle la caduta con il proprio corpo.

«Capisci che potrei denunciarti per sequestro di persona?» gli urlò a pochi centimetri dal viso, completamente avvinta a quel fisico tonico.

«Puoi andare a casa tua quando vuoi, anzi ti ci sto portando» rispose il capo nello stesso tono. Era imbronciato. Lui. Le venne voglia di tirargli una pizza sul muso, ma non era una persona violenta, si convinse prima di procedere.

«Okay, okay, scimmione, mollami. Fammi alzare.» Gli mise le mani sul torace e fece leva. Peccato che le si spezzò il fiato in gola sentendo le fasce muscolari che lo avvolgevano tutto. Sospirò. Poteva farcela. Lui allargò le braccia come a mostrare che non la stava trattenendo in alcun modo e lei si sentì avvampare per la voglia di fargli da coperta per tutta la notte.

Si alzò come se dovesse fuggire da un incendio e lui la seguì in piedi con molta più calma.

«Senti, come hai fatto a scovarmi e perché sei venuto?» Inspirò ed espirò. Edith le aveva spiegato che quella era la tecnica che i bipedi usavano per ristabilire una corretta respirazione e ritrovare un'atmosfera Zen. Non aveva ben capito cosa significasse quella parola ma non le importava. Era basilare solo raggiungere una certa calma per non strappare le palle all'essere che aveva di fronte a braccia incrociate e gambe aperte in posa bellica.

Sbuffò. Uomini.

Ma cosa le era saltato in mente di scendere dalle sue soffici nuvole?

«A chi credi si sia rivolta la tua amica per avere gli inviti per entrare in quel luogo di trasgressione? E soprattutto pensi che ti avrei mai lasciato indulgere in quei sordidi peccati? Altra domanda: dove cazzo è

Jessica che mi aveva promesso di starti attaccata al culo come una cozza allo scoglio?» le mitragliò contro.

Lei sbatté le palpebre. Quell'uomo era arrabbiato, molto arrabbiato, grandemente, immensamente arrabbiato. Non le avrebbe permesso di formulare nessun discorso logico. Sospirò. Uno dei due doveva essere razionale e calmo e da come l'energumeno sbuffava, non era certo stato designato lui dal fato.

«Jessica ha la cacarella. Non è potuta venire. Aspetta prima di aprire bocca» lo zittì nel vedergli aprire le labbra pronto a ribattere.

Palmenti si arrestò annuendo.

«Qui c'è freddo, sono stanca e mi fanno male i piedi dopo la maratona che mi hai fatto fare. Andiamo da me e ci facciamo una tisana calda di alghe salate con il miele, e parliamo di tutta la faccenda. Va bene?» chiese speranzosa. Si augurò in una risposta positiva altrimenti gli avrebbe tirato il tacco dodici direttamente nel terzo occhio che lo avesse oppure no.

«Va bene, ma preferisco latte e brandy alla tisana.» Sciolse le braccia nel rispondere, ammorbidito.

«Sei venuta in taxi?» le chiese cominciando a camminare. Alla sua risposta positiva, le afferrò la mano e la trascinò alla macchina. Lei poté solo trottare come una cavalla, domandandosi come mai quell'uomo corresse sempre. Prima o poi gliel'avrebbe chiesto ma in quel momento era già abbastanza tenergli dietro senza dar fiato alla voce. Troppa fatica.

* * *

Era seduto con le braccia conserte. Anche lei era rigida come uno stoccafisso, aveva incrociato le braccia e incattivito lo sguardo, come lui del resto. Si sentiva sul set di Sfida all'O.K. Corral ma non si stava divertendo per nulla. Doveva impedirsi di abbassare gli occhi. Palmenti le doveva delle scuse e non sarebbe retrocessa di un millimetro. Da quando erano partiti dal club non si erano più rivolti la parola. Un silenzio tombale era sceso tra loro. Non di quei silenzi piacevoli di pace e armonia ma rancoroso e incavolato.

Okay, se dovevano rimanere lì, nella sua calda cucina, a giocare a chi ce l'aveva più duro, lei avrebbe mantenuto la sfida fino alla stoccata finale.

«Non dovevi darmi da bere latte e brandy?» ordinò il capo con strafottenza.

Sirena inarcò le sopracciglia ma non emise suono. Lui sbuffò alzando le mani.

«Porca la miseria, ma l'unica testarda e cocciuta fin nel midollo osseo dovevo beccare come collega?» cominciò a imprecare rivolgendole uno sguardo assassino.

«Basta un *per favore* e puoi avere quel che vuoi» gli disse restituendogli l'occhiata. Sperò che lo incenerisse invece, dopo aver sbattuto le palpebre, quell'ottuso era ancora lì.

«Tutto?» disse di rimando lui con il tipico accento del seduttore seriale di periferia.

Lei sospirò avrebbe voluto sbattere la testa sulla tavola. Ma sarebbe stato come dargliela vinta.

«Battuta stantia, vecchia come Tritone.» Storse la bocca. Lui rise alzando la mano. 1-0 per lei con palla al centro.

Si alzò per scaldare il latte e mettere in una mug la sua buonissima tisana alle alghe. La assaporò con calma, era perfetto il dosaggio di sale calibrato con l'acqua. Mugolò: buonissima.

«Mmh potresti fare a meno di fare certi versi? Vabbè che sono solo il tuo capo ma sono anche un uomo» disse Palmenti.

Lei si girò al suono della sua voce così roca e, avvampò. Sentiva il calore diramarsi dalle guance alle punte degli alluci. Rimase a osservarlo, anche lui sembrava una statua. Si riscosse al suono del microonde che segnalava che il latte era pronto. Prese la tazza e gliela porse insieme al liquore, quindi si accinse a finire la tisana impedendosi di emettere qualsiasi suono. Aspettò che lui avesse inghiottito la sua bevanda e gli fece cenno di seguirlo sul divano. Doveva essere comoda per cercare di parlare con calma anziché schiacciarlo al muro come uno scarafaggio.

«Voglio la verità. Perché sei venuto a rompere?» lo attaccò appena si fu seduto.

Lui sembrava a disagio. Si passò la mano tra i capelli folti e rimase zitto. Sirena sbuffò e fece per riformulare la domanda, ma il capo prese parola: «Non mi andava di saperti in pericolo. Sei una mia reporter e sono responsabile di quello che ti potrebbe capitare» spiegò di getto, quasi incespicando nelle parole.

Ci rifletté un istante, era una risposta senza senso. Nessuno in quel club le avrebbe fatto male. C'era un ottimo servizio d'ordine.

«Palle, puoi fare di meglio» Lo fissò intensamente.

«Okay, in realtà non volevo che qualcuno facesse questo» sbraitò nell'afferrarla per le braccia e trascinarla a cavalcioni sulle proprie gambe. Prima ancora che potesse protestare, la sua bocca le spalancava le labbra e affondava esigente dentro di lei, mentre le mani di Palmenti le tenevano ferma la testa. Come se lei, in quel momento pazzesco, volesse poi fuggire. Le venne da ridere. I bipedi! Con un bacio da urlo così, non aveva alcuna intenzione di andare da nessuna parte, ma solo godersi l'attimo impazzito.

Gli rispose con un entusiasmo che non riconosceva proprio. Con gli altri principi c'era sempre stato qualcosa a frenarla. Con Palmenti, invece nulla la frenò.

Era passione? Non l'aveva mai sperimentata neppure secoli addietro. Doveva chiederlo a Edith o Jessica. Intanto, Palmenti l'aveva stesa sul divano e le si era coricato quasi addosso. Non del tutto. Con la forza delle braccia si teneva su mentre le divorava la bocca e le scompigliava i capelli. Con tutto il tempo che ci aveva messo per fare quell'acconciatura così sofisticata! Okay, non importava. Pur di avere ancora qualche bacio così li avrebbe arruffati anche da sola. Ma la situazione stava passando da celestiale a infernale. Cercò di inspirare. Tutto quello scambio di saliva la impanicava. Con forza gli diede uno spintone e lo fece ruzzolare lungo disteso sul pavimento, e si alzò respirando a fatica. Lui l'osservò con una faccia sorpresa mentre si alzava dal pavimento duro.

«Scusa, io... io... io non sono abituata. Io... io... non so cosa fare. E tu... tu non hai mai dato segno che ti piacessi e ora, tutto questo. Ohhhh, forse sei ubriaco per il brandy nel latte. Non sai chi sono, vero?» chiese con la certezza di aver compreso.

Palmenti si mise a ridere osservandola con tenerezza. Sarebbe voluta sprofondare.

«Dubito che il goccio di liquore nel mezzo litro di latte, mi abbia dato alla testa. Ma se è quello che vuoi credere per darti tranquillità, okay è così. Ci vediamo domani al lavoro» le disse, avviandosi alla porta.

Non le rimase altro che guardare quelle splendide natiche dirigersi fuori dal suo appartamento. All'improvviso lui si girò e sorrise avendola beccata a guardargli il culo.

«Ah, per onor di cronaca: so esattamente chi sei e, soprattutto, non c'è stato un attimo da quando ti ho conosciuta che non abbia desiderato infilarti la lingua in bocca» concluse, e guadagnò la porta che si chiuse alle spalle.

Sirena rimase in piedi a chiedersi se le aveva detto qualcosa di romantico o di sconcio. Uffa, sbuffò, un'altra cosa da chiedere alle umane sue amiche. Si diresse in cucina per bere ancora un po' di tisana d'alghe e si permise di mugolare per tutti i cinque sorsi successivi.

4

«Ohhhh, che sorpresa! Vieni entra, ho appena preparato una torta al rabarbaro che è la fine del mondo» l'accolse Edith con un sorriso ferino. Anche quando sorrideva, quella donna riusciva a destabilizzarla. Aveva sempre lo sguardo tra Peppa Pig e Jack lo Squartatore.

Sirena entrò con circospezione. Si sentiva un po' imbarazzata a starsene lì, sulla soglia, indecisa se entrare o tornare nel suo triste appartamento a riflettere sulla vita e dintorni. Non fece in tempo a decidere che l'amica l'agguantò e la tirò dentro chiudendola addirittura la porta a chiave. Bene, era fottuta. Non aveva altra scelta che bersi una tazza di thè al rosmarino e quella torta che, ogni dannata volta, la faceva inorridire.

«Dai vieni a sederti un attimo sul divano mentre la magnifica si raffredda. Ma cos'hai in quel borsone? Sembra pesantissimo» chiese l'amica.

Lei sospirò estraendo una corda chilometrica. L'altra la guardò allucinata.

«Vuoi legarmi e uccidermi a fuoco lento?» chiese Edith con un tono di voce molto molto preoccupato.

Rise, negando con la testa. Poi estrasse una grande forbice appuntita e cominciò a tagliare piccoli pezzi della robusta fune. I pezzetti cadevano ordinati sul pavimento. Prima di tornare a casa li avrebbe raccolti e buttati. Non sarebbe stato giusto lasciarli lì.

«Sirena, vuoi parlare per l'amor del cielo? Mi sembra di aver a che fare con un pesce muto» le urlò Edith dentro al padiglione auricolare.

«Guarda che sono una sirena, quindi sono muta nell'acqua» le rispose ridendo e, intanto continuava a tagliare la corda.

L'altra alzò gli occhi al cielo, sconsolata.

«Sì, ma in questo momento sei una testa di cazzo umana» l'investì l'amica, prima di alzarsi e tagliare una fetta di torta. Poi verso il thè in due mug e le fece cenno di sedersi a tavola. Lei annuì e appoggiò la fune e le forbici pronte per poi tornare al lavoro.

«Scusami, so che sono pessima. Ma stavo tagliando la corda. A dir la verità non so perché sono venuta da te, ma mi fa piacere esserci» le disse con un sorriso sincero. Era vero, la sua prima amica terrestre avrebbe avuto sempre un posto in prima fila nel cuore. Vide Edith ammorbidirsi e farle cenno di mangiare quell'orrore. E lei, per amicizia, cominciò a mangiare il primo boccone che le si fermò, come sempre, nel gozzo.

«Okay, comunque adesso, con calma, mi spieghi la storia della fune» domandò Edith con voce molto più paziente della precedente.

Lei sospirò, un pochino abbattuta.

«Perché un giorno mi hai detto che, spesso, quando un umano è in difficoltà taglia la corda. E io, che ora sono umana, sto tagliando la corda perché sono un attimo confusa» spiegò calma.

Edith la guardò a occhi sgranati. Poi eruppe in una risata senza fine. Non era per niente bello che l'amica la prendesse in giro perché era in difficoltà. Ma che razza d'amica era? Stava per esternare il suo dispiacere quando l'altra chiuse improvvisamente la bocca e le diede uno sguardo alla Bambi.

«*Tagliare la corda* è un modo di dire. Vuol dire darsela a gambe» le spiegò Edith.

Lei corrugò la fronte. «Quindi dovrei cominciare a correre perché ho un problema da risolvere?» Era interdetta.

L'altra sorrise. «Okay, mi dimentico spesso che non sei una di noi. Vuol dire che quando un umano ha qualche problematica non sempre l'affronta con coraggio, qualche volta preferisce non approcciare il problema, non scindere la cosa, non trovare la soluzione, quindi allontanarsi da un punto di vista mentale e psicologico dalla risoluzione perché potrebbe fare male» le chiarì l'amica.

Lei comprese, finalmente. Ma subito capì di aver sbagliato a tagliar la corda.

«Ma Edith, io voglio risolvere il grande problema che ho» spiegò, portando alle labbra l'orribile tè puzzolente.

«E sarebbe?»

«Palmenti» rispose sconsolata.

Edith sospirò a sua volta. Si ficcò in bocca un altro pezzo di torta e ruminò per qualche minuto.

«Sì, in effetti è un grande e grosso problema ambulante. Con un culo fantastico, però» dichiarò Edith alzando le sopracciglia.

Sirena scoppiò a ridere seguita dall'amica. Il cuore le divenne più leggero e una sensazione di pace l'avvinse. Bene, con Edith dalla sua parte, avrebbero trovato una risoluzione a quell'immenso problema dal culo fantastico. Chiappe d'oro non avrebbe avuto nessuna possibilità di "tagliar la corda".

* * *

Care lettrici, con profonda costernazione sono a informarvi che ho dovuto lasciare il lavoro di prostituta sotto copertura. Tutta colpa del mio capo: ha affermato che per ragioni di sicurezza non avrei potuto svolgere quell'incarico perché priva della copertura assicurativa nell'eventualità di un infortunio. E tutto perché fare il lavoro più vecchio del mondo non è considerato un lavoro regolare. Poverette, con tutta la fatica che fanno. Solo a sorridere in modo civettuolo mi si è slogata una mascella, figuriamoci se avessi dovuto fare anche acrobazie mirabolanti alla Kamasutra.

La mia amica tuttologa mi ha spiegato che, nella quasi totalità dei casi, in realtà non è prevista l'esibizione acrobatica delle figure presenti in quel manuale. Per fortuna, perché ci ho messo un'intera sera a farmi lo schema con tanto di penne glitter diverse, e alcune posizioni non le ho ancora ben capite. Non mi è facile articolare il pensiero sui vari spostamenti di arti, con una coda e due tette è tutto molto più facile.

Poiché la vendetta è nel mio DNA, ho deciso che dovrò punire l'uomo Alpha. Tanto leggerà quest'articolo solo quando la mia vendetta sarà completa. Cosa ho in mente? Che ne dite se mi trasformo da Sirena sotto copertura in Seduttrice in incognito? Lo farò impazzire, dovrà leccarmi i piedi e giurare eterna devozione in ginocchio. Con le mie consigliere di fiducia ho già approntato un piano d'attacco al grido di "Senza pietà". Prevede un outfit composto da pizzi, trasparenze e tacchi a spillo con l'aggiunta di un linguaggio appropriato. Ho dovuto esercitarmi nel produrre un tono roco e sensuale e a cancellare qualsiasi parolaccia dal mio vocabolario. Quest'ultima impresa per nulla semplice. In certi momenti preferivo stare un'altra ora a esercitarmi sul tacco dodici, piuttosto che dimenticare gli epiteti ingiuriosi verso quell'uomo. Mi hanno spiegato che non potevo dargli del troglodita, egoico, borioso e dissoluto in una frase seduttiva. Uffa che difficili voi umani. Da Sirena mi serviva solo sbattere la coda e avevo tutti i pesci a sciogliersi per me. Vi confido che sono un po' agitata ad andare in battaglia, ma sono comunque determinata a vincere la guerra. Lo devo a me stessa.

Yes, I can. Ne sono sicura.

Okay, punto messo. Non le rimaneva che procedere con l'attacco. Si diresse in bagno per fare una lunga doccia. Punto primo: presentarsi sempre profumata. Gli umani amavano profumi di fiori o esotici quindi doveva buttare nel WC la sua acqua di cozze fresche. L'ultima volta che se l'era messa aveva provocato un vuoto in pizzeria. Solo attorno a lei purtroppo. Jessica era stata l'unica a ingozzarsi senza accorgersi di nulla. Ma lei aveva visto che, i bipedi dei tavoli vicini si erano messi la mano sul naso e avevano chiesto il cambio tavolo.

Scosse la testa andando sotto il getto. Certo che erano strani forte gli umani: l'acqua di cozza fresca era una delle migliori profumazioni esistenti nell'oceano. C'erano le stelle marine che facevano a gara per averla. Mah. Si sarebbe adattata a "Sensual fruit" solo per raggiungere lo scopo. Quel profumo le faceva prudere il naso che rischiava di colare in ogni momento. Avrebbe resistito, lei era forte. Invece dello shampoo alla vongola verace, decise di usare quello alla mandorla dolce. Non era propriamente una brezza marina, ma almeno non le era poco indigesto. Sì, perché lo aveva anche assaggiato e non era per nulla male. Qualche spruzzo nel caffè dava un tocco cremoso a una bevanda abbastanza noiosa.

Chiuse il getto e si asciugò nell'ampio asciugamano azzurro. Come il suo mare. Certe volte le mancava talmente tanto che piangeva da sola. Soffriva di malinconia, l'aveva saputo chiedendo a Edith. Non riusciva sempre a capire le emozioni umane, per fortuna l'amica era abbastanza vissuta da comprenderle quasi tutte. Infilò la biancheria sexy cercando di sopportare il filo interdentale che aveva nel sedere al posto di una vera e morbida mutanda ascellare. "Per essere bella bisogna soffrire" le aveva detto Jessica. Un bel par di palle. Ecco, l'aveva detto anche ad alta voce.

Non è che Palmenti si sarebbe messo il perizoma per farle piacere. O no? Cercò di visualizzarlo mettendosi in contemporanea il mascara. Sbagliò la mira per l'orrore e l'occhio, ferito, cominciò a lacrimare.

Sbuffò. Okay. Time-out. Una cosa per volta.

Si sciacquò il viso e riprese a truccarsi. Un bel vestito rosa shocking l'aspettava insieme a magnifici stivali in tinta. Meravigliosi. Se non avesse steso Palmenti con quel look, avrebbe proceduto con l'omicidio. Era l'unica certezza in quel momento.

* * *

«Cazzo, pensavo che avessimo detto che non ti saresti più infiltrata come prostituta» urlò Palmenti sbucando da dietro l'angolo.

Sussultò gettando in aria il bicchiere di carta pieno di cappuccino. Con orrore vide la bevanda planarle sulle tette. Guizzò aspettandosi la combustione e chiuse gli occhi terrorizzata. Non bruciava nulla. Riaprì gli occhi e realizzò che aveva preso un latte freddo e poco caffè. Cavolo che fortuna, pensò

35

guardando il bipede incazzato che l'aveva ormai raggiunta.

«Allora, hai perso quella lingua biforcuta che ti ritrovi?» continuò nell'invettiva il capo.

Lei lo osservò scuotendo la testa. «Grazie di
avermi chiesto se mi sono ustionata e se ho bisogno
di aiuto» disse, accigliandosi.

Palmenti sbiancò osservandole il seno. Il tessuto
rosa era diventato marrone cacca e il reggiseno sotto
era completamente bagnato. Aveva l'impressione di
concorrere per *Miss Maglietta Bagnata*, anche se dalla
faccia del bipede non sembrava averlo impressionato
poi tanto con il balcone bagnato.

«Okay, sì, scusami. Mi sono lasciato un attimo
prendere dalla situazione» le rispose, mettendosi la
mano tra i capelli. Era rosso e imbarazzato e lei ebbe
una fiammata di libidine violenta. Era la prima volta
che succedeva da quando lo conosceva, era una sensazione stupenda quella di vederlo senza la solita arrogante sicurezza.

Gongolò dentro sé, ma cercò di mantenere una
linea dura. «E poi non permetterti più di assalirmi
appena uscita dall'ascensore. Avrei potuto morire
d'infarto, ecco» lo rimproverò ancora.

Lui si mosse da un piede all'altro occhieggiandole
il seno. Lei sorrise tranne tornare seria quando Palmenti alzò lo sguardo.

«Okay, okay, ti ho già chiesto scusa e non mi
sembra che tu abbia ricevuto danni. Quindi muoviti
e vieni in ufficio» le ordinò, incamminandosi.

Rimase ferma in posizione. Non era un cane a cui dare ordini. Il capo si girò non sentendola dietro e le scoccò un'occhiata da far sbiancare un fantasma. Ma lei rimase ferma e incrociò le braccia. Palmenti ritornò indietro e, ancora prima che se ne accorgesse, le prese la mano e cominciò a trascinarla.

«Non fare la cocciuta. Porca vacca, ti metterei sulle ginocchia e ti sculaccerei in questo momento» urlò, facendo girare tutti i colleghi della redazione.

Sirena si costrinse a muovere più velocemente le gambe. Non dovevano essere un gran bello spettacolo con lui che la tirava come un mulo. Sbuffò. Brutto maleducato e stronzone.

«Non permetterti di mettermi le mani addosso. Altrimenti ti faccio io a polpette. Sono meglio di Kung Fu Panda, brutto bestione peloso» sbraitò, arrabbiata come una vipera.

Nessuno poteva mettere all'angolo Sirena. Lei era come Baby di *Dirty dancing*. Peccato che il Palmenti non aveva nulla del favoloso Patrick. Ecco, sì, forse l'arroganza, e i bicipiti, e il sedere, però anche il viso bello e la mascella virile… Stop. Non poteva pensare a Palmenti sexy. Non in quel momento, mentre gli planava contro, visto che si era fermato all'improvviso e la stava guardando come fosse una sogliola marcia.

«Non pensare mai, neppure per un secondo, che potrei picchiarti. L'ho detto tanto per dire. Io difendo le donne, sempre. Non farei del male a nessuna anche se, in questo momento, ti torcerei volentieri il collo» disse lui, stringendo gli occhi.

Lo osservò bene. In fondo alle iridi di un verde brillante c'era una punta di dolore. Sì, l'aveva ferito. In realtà non pensava che lui potesse fare male a una donna. Non l'aveva mai creduto. Gli si avvicinò con circospezione, come se fosse un cane rabbioso, e allungò la mano libera. Lui rimase fermo, quasi ipnotizzato e si lasciò accarezzare la guancia. Poi, all'improvviso, si riscosse, si scostò e ricominciò a trascinarla nell'ufficio. Appena entrarono, sbatté la porta e le si parò davanti con le mani sui fianchi. Respirava in affanno e lei capì che aveva un qualche potere su quell'uomo così bello. Si sentì sciogliere.

«No. Non sono sotto copertura. Mi sono vestita così perché credevo di essere bella.» Nel dirlo si sentì avvampare.

Lui espirò. Sembrò sgonfiarsi.

«Okay, okay, ricevuto. Non sono abituato a vederti in redazione alle nove di mattina con una cosa così inguinale e ho pensato al peggio.» Nel dirlo guadagnò la posizione dietro la scrivania.

Lei si osservò. Sì, in effetti il tacco dodici d'argento con le stringhe dorate non erano proprio adatte alla mattinata. Abbassò le spalle. Aveva toppato alla grande «Ammetto di essere stata un po' esagerata. Ma sono stupenda comunque, vero?» chiese con la voce roca e sensuale che le aveva insegnato Jessica e sbattendo le ciglia come appreso da Edith.

Lui le rivolse un sorriso stranito.

«Secondo me ti sei presa un'altra volta il mal di gola, vestita così. Hai una voce molto strana» sogghignò.

Lo avrebbe ucciso. L'avvinse il desiderio di togliersi la maglia fradicia e girargliela attorno al collo strozzandolo senza tanta eleganza. Si trattenne. Era sempre il suo capo e, soprattutto, il bipede che voleva con tutte le forze.

«Sono proprio proprio così brutta?» chiese senza esitazioni.

Lui si appoggiò alla sedia, battendo le mani una contro l'altra. Sembrava agitato.

«Neppure con un sacco dell'immondizia addosso potresti esserlo» rispose con uno sguardo perforante.

Lei si bloccò. Il terrore l'avvolse. Non sapeva cosa dire, cosa replicare, cosa gridare. Non aveva provato la scena con le amiche. Erano convinte che lei dovesse sedurre lui, non che Palmenti, con una sola frase, le avrebbe provocato il cardiopalma.

Si alzò di scatto e guadagnò l'uscita. Corse lungo il corridoio e guadagnò le scale. Non poteva aspettare l'ascensore. Doveva prendere aria. Si sentiva come uno squalo spiaggiato. Fece di corsa le scale rischiando di inciampare e di rompersi l'osso del collo. Doveva uscire, lasciare quel posto, andarsene. Finalmente uscì dal palazzo e cominciò a respirare con affanno. Sembrava un mantice, ma era libera e, soprattutto, lontana da lui. Aveva già dato con uno stronzo di Principe Azzurro secoli prima, non poteva innamorarsi del suo discendente. Doveva solo portare a termine la missione e andarsene.

Anzi, decise di getto, non avrebbe neppure raggiunto l'obiettivo. Se ne sarebbe andata dalla Terra.

Le nuvole erano un miraggio: sicure. Andarsene era l'unica cosa da fare per non ritrovarsi il cuore esploso in mille pezzi. Perché Palmenti era una bomba e lei non poteva inciamparci sopra.

* * *

Si guardò attorno cercando un taxi. Porca l'oca. Non ce n'era uno. La solita sfortuna. Decise di fare una corsa fino a casa, quando venne trattenuta per un braccio. L'istinto le diceva che era il Principe dei principi.

Doveva liberarsi da quella gabbia umana. Subito.

Con un sospiro di resa realizzò che non ne era capace. Si appoggiò al suo costato. Schiena contro muscoli duri. Lui le mise la testa tra i capelli. Si sentì piccola, indifesa, donna. Cavolo. Ma lei era una sirena. Non poteva provare quegli stupidi sentimenti umani. Non erano nella sua natura. Oppure era diventata completamente umana?

Doveva razionalizzare. Doveva scappare. Cercò di staccarsi ma le braccia di Palmenti la tenevano stretta.

«Non voglio che tu vada via. Vorrei che il tempo si fermasse in questo momento. Non dire niente, ti scongiuro» mormorò l'uomo al suo orecchio.

Rabbrividì. No, quel bipede giocava sporco. Non gli avrebbe permesso di confonderla riproducendo la scena più bella di tutti secoli.

Si girò di getto, sbilanciandolo. Fece un passo indietro e lo minacciò con un dito. «Tu, vile impostore. Non osare, non permetterti di prendere le parole meravigliose di Terence quando cercava di trattenere Candy Candy, sulle scale. Non osare farlo. Anzi, l'hai già fatto!» sbraitò con tutto il fiato che aveva in gola.

Tutt'attorno la vita continuava, mentre tra loro sembrava essere caduto il gelo. Lui la guardava costernato. Respirava a fatica. Aspettò. Le doveva una risposta.

«Cazzo, era il mio cartone animato preferito da piccolo. Le mie sorelle più grandi mi costringevano a guardarlo e io mi ero innamorato di quella biondina con gli occhioni a palla. Mi è venuto spontaneo dirti quella frase, mi è rimasta dentro. Non volevo barare» rispose incerto.

Lo vide per la prima volta timoroso e impacciato. Il suo cuore traditore fece un triplo salto carpiato, prima di tornare in posizione.

«Lo sai, vero, che lei se n'è andata comunque?» gli sussurrò.

Lui annuì portandosi una mano tra i capelli fino a scompigliarli. Rimase scioccata. Era meravigliosamente bello tutto spettinato. Se lei avesse fatto lo stesso gesto era sicura che i suoi capelli avrebbero preso la bellezza di una Medusa.

Sbuffò. Okay, la riflessione sulla piega dei loro capelli non era basilare al momento. Doveva andarsene prima di rendersi ridicola. Punto. Gli girò le spalle.

«Speravo di cambiare la storia. Non voglio che te ne vada» le disse.

«Perché?» chiese dandogli sempre le spalle. Non osava girarsi e guardarlo. Era incapace a resistere ai suoi occhi. Quando era agitato, assumevano una sfumatura talmente intensa di verde che lei voleva solo sprofondarci come se fosse il suo mare in tempesta.

«Perché provo ciò.» La fece voltare, stringendola quasi a stritolarla. La bocca implacabile premuta sulla sua. La lingua che voleva entrare a esplorare la sua cavità. Lei si rilassò e lui cominciò ad accarezzarle la schiena, mentre la baciava fino a toglierle il fiato. Sirena rispose avvinghiandosi. Frugò tra i capelli di Palmenti. Erano talmente morbidi che avrebbe voluto fargli uno scalpo e portarseli a casa. Le scappò da ridere e lui si staccò guardandola con un grande punto interrogativo sulla faccia.

«Fa niente. Continuiamo» gli disse, nel tornare in posizione per assaporarlo come stesse leccando un bel gelato cremoso. Anzi lui era meglio. Sapeva di buono e lei aveva fame. Non poteva divorarlo davanti a tutti. Quando la realtà le penetrò nei pensieri lussuriosi, fece un passo indietro. Anzi, ne fece altri due successivi. Doveva riprendere il controllo. Lui la stava guardando come se fosse una grande torta profiterole. Non era pronta per tutto questo. Lei era la seduttrice. Doveva rimanere fredda e impassibile.

Il cuore le stava frantumando le costole. Vi mise una mano sopra. Forse una visita al pronto soccorso sarebbe stata necessaria. Sicuramente aveva la pressione a mille. Ma una sirena divenuta umana poteva avere la pressione?

Aggrottò la fronte. Stava per impazzire. Notò che Palmenti stava per dare fiato alla bocca. Si mise le mani sulle orecchie. Non voleva sentire nulla. Prese l'unica decisione saggia che le sovvenne nel cervello: darsi alla fuga. Cominciò a correre disperatamente. Non doveva guardare indietro, non doveva girarsi per guardare la faccia di Palmenti. Doveva rimanere glaciale. Si girò e lo vide sconsolato con le braccia aperte. Contenta desiderò di aver raggiunto il risultato di spezzargli il cuore. Finalmente forse c'era riuscita. Per un decimo di secondo si accorse che il suo cuore non stava esultando. Si rigirò e beccò un palo.

* * *

Aprì gli occhi e urlò con tutto il fiato che aveva in gola. L'enorme, gigantesca, orribile mosca che la scrutava cadde dalla sedia. Gli occhi gialli iniettati di terrore la guardavano come fosse lei il mostro. Chiuse la bocca allarmata. Dov'era? In un mondo parallelo? Morta e sepolta? Osservò la stanza. Tutto aseticamente bianco.

Si sporse oltre il letto. Quell'immondo animale stava ancora disteso a terra e respirava a fatica. Aggrottò le sopracciglia. Però sotto tutto quel pelo c'era qualcosa di familiare. Prese la padella che aveva sul tavolino pronta a difendersi.

43

«Aspetta, aspetta. Sono io, pietà. Non riesco a respirare dentro a questo maledetto costume» urlò la mosca, alzando una zampa con le antenne che si muovevano disperatamente.

«Jessica? Sei la mia amica Jessica?» Confusa, scosse la testa.

«Sono io, sono io. Posa quell'arnese puzzolente e aiutami ad alzarmi. Il culo pesa troppo. Non riesco neppure a sollevarmi. Mi sembra d'avere un sacco di farina da un quintale posizionato in basso» le ordinò l'amica.

«Okay, okay, ma sappi che è pulita. Nessuna pipì in vista. Non è proprio puzzolente, sa di candeggina» rispose odorando la padella. L'altra le regalò una linguaccia. Certo che come mosca era molto molto brutta. Dubitava che in natura ne esistesse una peggiore.

Si alzò con trepidazione. Le sembrava di avere un trapano nel cervello. L'immagine del palo e della sua micidiale testata le arrivò al cervello veloce come una saetta. Trattenne il fiato. Okay, era sopravvissuta. Ce la poteva fare. Diede la mano a Jessica, ma l'altra rimase stesa a terra. Troppo pesante. Le gambe le cedettero e planò anche lei vicino all'amica. Senza emettere suono. Si sentiva consistente come un budino di riso.

«Porca vacca, sono uscito due minuti per prendere da bere e vi ritrovo spalmate a terra. Che cazzo avete combinato voi due sciroccate?» urlò Palmenti, precipitandosi nella stanza.

Lo guardò. Era tutto svalvolato: camicia scomposta fuori dai jeans, ciuffo ribelle spettinato, espressione preoccupata e, soprattutto, un enorme bicchiere di latte in mano. Le venne da ridere ma fermò il sorriso vedendo lo sguardo omicida del capo.

«Hei, non prendertela con lei. Cercava solo di aiutarmi ad alzarmi. Non ha calibrato le forze perché ha agito per generosità. E questa situazione è solo colpa tua» urlò Jessica con tutta la potenza dei suoi polmoni.

«Colpa mia?» ripeté Palmenti, basito.

«Sì, certo. Se non l'avessi rincorsa come se avessi avuto il fuego nel culo, se le avessi detto che c'era un palo, se non mi avessi spaventata a morte mentre ero impegnata nella pubblicità di un moschicida, urlando al telefono che era ricoverata grave in ospedale, se non fossi uscito nel momento sbagliato in queste sette ore per prendermi il latte che affermavi mi avrebbe tirato su, ecco, io non sarei spiaccicata su questo pavimento di merda» gli urlò ancora contro, Jessica.

Sirena non aveva neppure il fiato di mettersi tra quei due. Le girava ancora un po' la testa e cercò di alzarsi. Subito si trovò in braccio a Palmenti. La strinse con una delicatezza rara mentre la sistemava sul letto. Le sprimacciò il cuscino e le sistemò le coperte. Sembrava strano, molto strano. Totalmente e completamente andato.

«Ti senti bene?» gli chiese allarmata. Con preoccupazione gli mise una mano sulla fronte. Era fresco. Meno male.

«Ora che hai aperto gli occhi direi di sì» rispose dandole un leggero bacio sulle labbra.

Si sentì proiettare nell'universo. Il cuore accelerò e ne voleva ancora. Un altro e poi un altro e un altro bacio ancora. Tanti tanti baci ancora.

«Dai, cretini, smettetela di guardarvi così che mi fate cariare tutti i denti. Palmenti, aiutami subito. E poi dobbiamo chiamare il medico. Gli ho promesso che sarei volata ad avvertirlo una volta che tu, bella addormentata nel bosco, ti fossi svegliata. Anzi vacci tu» ordinò muovendo le ali.

Palmenti non fece una piega. Le diede un altro bacio e, poi, con molta calma aiutò Jessica ad alzarsi. Addirittura le spolverò l'enorme sedere pieno di pelucchi. Chissà dove li aveva raccattati tutti quegli agglomerati di polvere. Quindi si diresse alla porta in cerca del dottore.

«Jessica, credo di essere irrimediabilmente perduta. La botta mi ha fatto innamorare.» Mise la mano sulle labbra che conservavano ancora il sapore del capo.

«Ma piantala, che è dal primo secondo del primo momento che l'hai visto che sei infognata di lui. Non c'entra nulla il palo» disse Jessica con il solito estremo tatto che la contraddistingueva.

Realizzò che era proprio così. Era sempre stato così. Sarebbe stato sempre così? Cominciò a preoccuparsi. Non era sicura di voler essere innamorata. La prima e ultima volta che era successo era finita su una nuvola con il cuore spezzato. Per centinaia d'anni per lo più. Fece un sospiro. Forse se avesse schiacciato un pisolino al risveglio le sensazioni sarebbero state diverse. Si accomodò meglio nel letto, chiuse gli occhi e partì, immediatamente.

* * *

«Edith, ti disturbo?» chiese appena l'amica rispose al telefono. Sperò che la risposta fosse negativa. Aveva tanto bisogno di un consiglio. Anzi *del consiglio*. Solo lei era in grado di darglielo. La conosceva troppo bene ed era troppo saggia per formularne uno errato.

«Tranquilla, stavo andando a dare da mangiare alle galline, ma anche se aspettano un attimo non succede nulla» rispose l'amica. «Qualcosa non va?»

Lei tirò il fiato che aveva inconsapevolmente trattenuto.

«Sono a casa per un paio di giorni di riposo. Tutto bene, ho preso solo un palo con la testa. Però all'ospedale è venuto Palmenti e anche prima che succedesse eravamo insieme. Insomma, sono isterica. Ho scoperto che sono innamorata come una sogliola lessa, e credo che anche lui provi qualcosa per me. Ma ho paura. Io sono immortale, lui è umano. Io sono tornata sulla terra solo per vendicarmi. Non per amare. Non so cosa fare. Dovrei tornare lassù. Lasciare anche un lavoro che adoro e soprattutto lasciare lui. Non esiste che un giorno lui muoia, e io debba ritornare a vivere lassù da sola, dopo» spiegò

47

concitata. Poi scoppiò a piangere. Era sempre stata contro le lacrime, soprattutto in pubblico. Si guardò attorno. Oh era decisamente in vista, lì sullo scoglio di fronte a centinaia di umani spiaggiati. Non aveva, però, la forza di alzarsi e fare altro che piangere.

«Pesciolina mia, non piangere. Ti prego. Tira fuori la forza di Ercole e prendi in mano il destino. La vita è solo una questione di scelte» la spronò Edith con una voce roboante.

«Okay. Recepito: la vita è una questione di scelte. Quindi cosa devo fare?» chiese angosciata.

«Ahhh, ma io questo mica lo so. Stiamo parlando della tua vita non della mia. Adesso scusami che le galline stanno chiamando. Ciao. E, mi raccomando, quando hai scelto mandami un messaggio» ordinò, chiudendo la telefonata.

Rimase basita mentre rimetteva in borsa il cellulare. Si soffiò rumorosamente il naso. Okay. "La vita è una questione di scelte". Avrebbe sviscerato la frase fino a capirne l'applicabilità alla sua situazione. Ne aveva due da fare. E brancolava ancora nel buio totale.

* * *

"Ho fatto una scelta. Ho fatto una scelta. Ho fatto una scelta" continuò a ripetersi terrorizzata della scelta stessa. Era sicura ma anche impaurita. Era rimasta tutta notte sullo scoglio che lei sentiva "casa".

Aveva pensato, ripensato, pianto, valutato e, alla fine, quando l'alba aveva bagnato il suo meraviglioso mare tingendolo di mille sfumature, aveva realizzato cosa realmente voleva. La calma l'aveva inondata, lambita, donandole serenità. Era riuscita a tornare nell'appartamento, fare colazione e regalarsi una lunga doccia rigenerante. E, in quel momento, eccola lì. Sulla soglia del tugurio dove tutto aveva preso vita.

«Oh, stronzona, sei tornata? Cosa aspetti a entrare? Non vorrai che ti si raggelino le flaccide chiappe che hai, stando lì come una Sfinge.» la investì la strega, aprendo la porta d'improvviso.

Rimase con il pugno a metà aria, pronto a bussare. Fece un respiro ed entrò. Cos'è che aveva detto il suo amico Cesare? *Alea iacta est*. Solo in quel momento aveva realizzato quanto gli era costato pronunciare quella frase: *Il dado è tratto*. A lei sarebbe costata la vita, a lui era andata meglio.

«Cosa vuoi, senza spina dorsale? Muoviti che ho una buonissima zuppa di occhi di rana da mangiare e non ho tempo da perdere con una lardosa come te» disse la strega.

Sirena si guardò attorno schifata. C'era ancora più sporco e confusione di quando era andata lì un anno prima. Ragnatele ovunque, topi morti in decomposizione, due gatti con la rogna che si grattavano come se non ci fosse stato un domani.

Deglutì. Le parole le uscirono con incertezza. Non volevano rotolare fuori.

«Ho concluso la mia missione sulla terra. Non voglio più vendetta ma amore. Dovrei tornare una sirena tra le nuvole. Ti chiedo di rendermi un'umana finché vivrò» implorò.

Non aveva mai avuto tanta paura di subire un rifiuto da centinaia d'anni. La strega le si avvicinò. Lei rimase imperturbabile. La puzza era nauseante, le veniva da vomitare. Tenne la posizione. L'altra la osservò con una faccia disgustata che la rendeva ancora più brutta.

«E cosa mi darai in cambio?» domandò con un sorriso marcio. Oh my god, che fetore... l'alito avrebbe steso un tonno.

«Quello che vuoi. Ho un po' di soldi, abiti, scarpe, il mio appartamento, tutto quello che ho è tuo» rispose cercando di non pregare troppo. Si sarebbe inginocchiata a leccarle i piedi luridi se fosse stato necessario.

«Voglio le tue tette. Sono belle sode e grosse come meloni. Mi starebbero bene» ordinò, tastandosi il seno inesistente.

Sirena la guardò tramortita. Le tette erano il suo vanto. Una bella quinta da umana. Come avrebbe fatto senza?

«Non posso. Se vuoi ti do una taglia, non di più» rispose alzando la testa. L'altra fece cenno di no con un viso incarognito e lei rilanciò: «Due taglie. Prendere o lasciare, ma mentre io sarò sempre eterna con le mie belle tette, tu sarai sempre piatta senza.» Incrociò le braccia proprio sotto il seno che sbucò quasi del tutto dalla maglietta aderente e scollata.

Era un bluff. Se lo sarebbe tagliato da sola tutto quanto pur di divenire umana. Purtroppo anche mortale, ma quella era una conseguenza che doveva sopportare.

La strega si passò la lingua sulle labbra piene di bozzi purulenti. Rimase in silenzio. Lei trattenne il fiato. L'altra allungò la mano. Lei rimase ferma. L'altra le palpò il seno come se provasse la consistenza di un pallone. Lei rimase in posizione.

«Okay, due taglie. Le perderai in automatico quando berrai la pozione. Te la preparo. La dovrai bere solo quando avrai la certezza di voler essere umana.» Nel dirlo, le diede le spalle. Poi rimestò in qualche barattolo, prese delle polveri, un pezzo marrone non definito, e mise il tutto in un barattolo con del liquido dentro. Con attenzione glielo porse e lei lo prese con disgusto.

«É merda di dinosauro miscelata a cicuta e acqua fangosa. Devi berla tutta, non puoi lasciarne neppure una goccia» le spiegò, sghignazzando.

Sirena annuì e si diresse alla porta.

«Addio» mormorò uscendo.

«Che imbecille, rinunciare all'immortalità per un uomo! Addio» le urlò l'altra, prima di sbattere la porta.

Lei si sentì sollevata, invece. Finalmente sarebbe stata al posto giusto al momento giusto. Sempre se Palmenti avesse provato gli stessi sentimenti. Espirò e cercò di placare l'agitazione. Prima di andare da lui doveva fare un'altra cosa. La seconda scelta della sua nuova vita.

***

Care lettrici, eccomi qui con un annuncio doloroso ma necessario. Una donna molto saggia mi ha detto: "La vita è una questione di scelte". Subito non ho capito cosa intendesse, poi, a forza di spremere le meningi umane, ho capito, forse. All'improvviso ho avuto un'illuminazione.

A me piace tanto scrivere e indagare, ma non mi basta più essere sotto copertura per questa rubrica un po' frivola. Diciamo che non ci vuole una grande intelligenza per seguirla, e le coperture non mi sono state commissionate per aiutare James Bond. Mi sono divertita moltissimo, però, questo sì! Oggi vi voglio rivelare un segreto che ho custodito gelosamente finora ma che sento sia giusto svelarvi. Mi avete sempre sostenuto in tutto, vi prego di farlo anche nel mio prossimo futuro. Forse qualcuna tra voi l'ha capito dal mio continuo scherzare oppure no ma, ebbene sì, io sono una sirena. Una sirena vera, con tanto di super coda. Mi vedete nella forma umana solo perché ho chiesto io di tornare sulla Terra. Sulle nuvole si stava bene, ma con voi si sta molto meglio. Ho imparato a stare tra voi umani senza sentirmi un pesce fuori dall'acqua. Almeno in certi momenti mi sono sentita una di voi, soprattutto quando ho dovuto affrontare per la prima volta la ceretta sotto l'ascella. Non voglio pensare al dolore che ho provato, altrimenti sarei capace di piangere ancora. Devo solo convincere il grande capo a cambiarmi lavoro. Da sirena sotto copertura a vera e propria cronista d'assalto. L'unico problema è fargli comprendere che non sono un'umana svampita ma una donna matura, competente, intelligente, molto bella e con una incredibile sensualità innata.

Dite che ce la posso fare?

Le mie amiche sostengono che io abbia tutte le qualità per intraprendere questo nuovo lavoro. Jessica, però, afferma che non ho l'outfit adatto. Mi ha rivelato che i veri giornalisti non si mettono aderenti magliette scollate e spacchi inguinali. Le ho risposto che io mi vestirò come vorrò: nessuno mi deve imporre l'abbigliamento di lavoro. Non credete? Okay, okay, ammetto che scarpe basse e veloci mi possano aiutare nell'inseguire qualcuno, questo sì. Comunque, per farla tacere le ho promesso che la porterò in una nuova pasticceria scoperta proprio ieri mentre passeggiavo pensierosa nella via del mare. Fa dei cioccolatini pralinati da leccarsi le dita. Ne ho mangiato una ventina, tanto, come sapete dal mio reportage sull'intestino pigro e dintorni, io non soffro di stipsi.

Tornando al dunque, spero che mi seguirete anche nel mio nuovo incarico. Sempre se riesco a ottenerlo dal capo. Lui è testardo, arrogante ma è anche intelligente, quindi mica si lascerà scappare un futuro premio Pulitzer quale sono io.

Ho intenzione di mettermi anche a studiare la storia. Sulle nuvole ho sempre guardato in giù, scrutato la vostra vita. D'ora in poi voglio diventare un'intellettuale. Si dice così? Non so se riuscirò a essere una brava tuttologa, ma sicuramente mi applicherò sperando che la teoria dei quark non sia troppo dura per le mie sinapsi. Avete notato quante parole forbite sto scrivendo? Sono già sulla via dell'agognato premio.

Ma ora vi saluto. Devo andare a intraprendere anche la mia nuova vita sentimentale. Anzi, ad afferrarla sperando che il mio pollo non scappi lontano. Mi sembra di piacergli, a dire il vero, spero sia cotto a puntino come io lo sono di lui. Avrete capito di chi si tratta, ma per scaramanzia, come dite voi bipedi, non vi dico il suo nome. Mi piacerebbe ricevere una montagna di fiori d'arancio. Edith mi ha spiegato che sono necessari per sposarsi. Io voglio il mio principe, quindi, sapete che faccio? Prima di andare da lui passo dal fioraio e compro un bouquet di fiori. Bella idea, vero?

* * *

«Arrivoooo! Un attimo di calma, sto arrivando!» sentì urlare oltre la porta.

Spostò il peso del corpo da un piede all'altro. Sì, ammise, era stata un attimo insistente a suonare quattro volte, ma il terrore che lui non fosse in casa l'aveva avvinta come un boa constrictor alla preda.

Forse non era stata un'idea così brillante precipitarsi a casa sua. Trattenne il respiro mentre la porta si apriva di scatto.

«Spero bene che tu abbia un'emergenza per disturbarmi mentre faccio la doccia» disse il capo, fulminandola.

Sirena spalancò gli occhi. Era praticamente nudo e gocciolante. Con un piccolo asciugamano che, avvolto in vita, gli copriva a malapena le zone intime e dintorni. Con un altro asciugamano cercava di asciugare i capelli fradici. Era tutto, tutto, muscoloso. Avrebbe voluto sbirciare anche sotto l'asciugamano, ma l'espressione feroce disegnata su quello splendido viso la fece desistere.

«Volevo parlarti e darti questi» rispose, allungandogli l'enorme cesto di fiori d'arancio. Forse era stato un po' esagerato andare da cinque fioristi e comprare tutti quelli che avevano disponibili, ma si era lasciata prendere dall'emozione.

Palmenti aggrottò le sopracciglia e le fece cenno di entrare. Poi, dopo aver chiuso la porta, afferrò i fiori e rimase fermo come un soprammobile.

«Oh, capo, non morire d'infarto. Non ti sto chiedendo di sposarmi» disse, spavalda. O, almeno, cercò di esserlo. Non era sicura che le fosse uscito il tono giusto, considerando la risata che emise l'uomo più sexy su cui aveva mai posato gli occhi.

Oh my God, che cosa le stava succedendo?. Stava diventando una gelatina davanti a lui.

Costernata si buttò sulla prima poltrona libera, gambe e braccia abbastanza scomposte.

«A essere sincero, quello vorrei che spettasse a me» le rispose, andando a posare il cesto di fiori. L'aria crepitava del loro profumo. Anzi, avevano inondato tutto l'appartamento.

Sirena rimase a bocca aperta, non tanto per la risposta del capo ma per il suo culo. Da dietro, anche se coperto dall'asciugamano, sembrava comunque scultoreo. Desiderò pizzicarlo. Si trattenne con tutte le forze e chiuse gli occhi. Ohm... ohm... ce la poteva fare. Ohmm... ohmmm... ci sarebbe riuscita.

«Beccata! Ti ho visto che mi fissavi le chiappe, d'altra parte come fare a resistermi?» la canzonò.

Sirena riaprì di scatto gli occhi. Si sentì avvampare ma non l'avrebbe data vinta a quello spaccone.

«Non fare tanto il gradasso, anche tu mi guardi sempre le tette. Vero o non vero che non sai resistere a questi fantastici globi?» Indicò il seno coperto da una camicetta fucsia molto aderente.

«Vero, mai negato. Meglio che vada a cambiarmi prima che ci saltiamo addosso, allora. Fai come fossi a casa tua» le disse con un inchino.

Asciugamano sciogliti, cadi, ruzzola giù da quel corpo! Niente da fare. Il suo desiderio non si realizzò e l'uomo scomparve dietro una porta che, presumeva, fosse della camera da letto.

E andare di soppiatto a spiare la vestizione? Si diede una sberla. Non era il momento di farsi venire pensieri imbecilli. Era lì per uno scopo serio. Prese la borsa e tirò fuori il barattolo con la merda di dinosauro. Lo stomacò le si rivoltò alla sola idea di bere quella sbobba fetida.

«Ho una buona torta di mele comprata in pasticceria. Ci facciamo un caffè?» chiese Palmenti ritornando, purtroppo vestito. I jeans a vita bassa e la maglietta con le maniche corte gli fasciavano il corpo muscoloso rendendolo sensuale ma, purtroppo, togliendogli l'aria da selvaggio che aveva da quasi nudo. Cercò di farsene una ragione e annuì alla domanda. Il caffè non le piaceva particolarmente ma, mettendoci mezzo litro di latte e tanto tanto miele, forse sarebbe riuscita a berlo.

«Ho paura a chiedertelo, ma cosa c'è in quel barattolo disgustoso? Un altro dono per me?»

«In effetti potrebbe anche interpretarsi così» rispose seria.

La faccia inorridita che ebbe in risposta, la conquistò definitivamente. Con l'espressione da zombie

affranto era stupendo. Sospirò incredula. Realizzò
che l'avrebbe trovato fico anche se l'avesse visto sul
cesso intendo a pulirsi con la carta igienica. Forse
era quello il vero amore decantato in Beautiful. Una
settimana di maratona di quella soap le aveva donato
una certa confusione su cosa intendessero gli umani
con amore. Mah, avrebbe sviscerato in un altro
momento quella questione spinosa.

Bevve d'impulso tutto il caffè e si fiondò sul divano. Lui, ancora appoggiato al fornello, con la tazza
bollente in mano la guardava attonito.

«Vieni qui, siediti, devo dirti una cosa» gli disse
stropicciandosi le mani. Non riusciva a stare ferma.
Era agitata, le sembrava di avere un bongo al posto
del cuore.

Palmenti posò la tazza e, stranamente, obbedì.
Ciò la destabilizzò. Quell'uomo faceva sempre tutto
il contrario di quello che gli diceva. Proprio in quel
momento aveva deciso di collaborare? Proprio
quando non aveva ben chiaro cosa dirgli? Confidava
di poter contare su almeno mezz'ora di battibecchi
prima di entrare nel discorso serio. Sospirò. Che dura era la vita. Non c'era uscita. Doveva dirgli la verità.

«Eccomi, tutto orecchi. Allora cos'è quella roba
fetida?» rimarcò Palmenti con uno sguardo disgusta-
to.

Lei sospirò. Okay, non poteva più tergiversare.
Poggiò un ginocchio a terra e gli prese una mano.
Lo sguardo allucinato di lui la destabilizzò. Decise di
non farci caso.

«Io mi chiamo Sirena, come ben sai, ma non sai che in realtà io sono una vera sirena, con tanto di coda e didietro fantastico. Sono immortale e sono la stessa sirena mollata dal tuo avo per quella sciacquetta umana» sospirò. Poi, inspirando, si fece forza e continuò: «In questi giorni ho capito che "preferirei dividere una sola vita con te che affrontare tutte le ere di questo mondo da sola"» confessò artigliandogli la mano. Palmenti scattò in piedi senza, però strapparle l'arto dalle mani congiunte.

«Cazzo, ma sei fuori come un usignolo? Tu non sei Arwen e, tantomeno, io sono quel belloccio di Aragorn. Senti, mollami questa mano che la devo utilizzare per strozzarti» ordinò con impeto.

Lei lo mollò e si sentì afferrare le spalle per ritrovarsi in piedi un secondo più tardi. Poi Palmenti si allontanò e imprecò.

«Ma si può sapere che rotella ti manca?» riprese a dire il capo. «Cos'hai combinato, pseudo-eroina di tragedia greca? Dimmi, quella merda non sarà qualche pozione magica, vero?» chiese attonito.

Lei annuì. Si sentiva paralizzata. Non si aspettava che lui festeggiasse la sua dichiarazione d'amore con i fuochi d'artificio, ma neppure che la prendesse così male. Lo osservò meglio. C'era una rabbia in lui che andava gonfiandosi sempre più. Non sapeva come calmarlo. Fece l'unica cosa che, in quel momento, pensava fosse necessaria per ammansirlo. Gli si avvinghiò e lo baciò con tutta la forza delle sue labbra e dei polmoni. Lui rimase fermo immobile per un infinitesimo secondo e poi rispose. Le loro labbra si cercarono affamate. Palmenti la mangiava, la succhiava, le entrava nell'anima. Lei rispose con la stessa intensità. Avvertì una forza atavica montarle dentro.

Era il BACIO. Quello che aspettava da centinaia di secoli. Con sorpresa e meraviglia si staccò dall'abbraccio. Lui respirava come avesse scalato una montagna.

«Ti amo» gli disse con semplicità.

Palmenti rimase basito, prima di prorompere in una grande risata.

Okay. Non l'avrebbe perdonato. Che cafone. Si girò e cercò di raggiungere l'uscita. Doveva andarsene da lì per piangere tutte le lacrime che aveva in corpo. Lui la circumnavigò e la bloccò. Poi, le diede un altro bacio. Questo aveva una tenerezza che le fece trasbordare le lacrime trattenute.

«Tesoro, certo che con te non c'è nulla di semplice. Dal primo momento che ti ho trovata mi hai destabilizzato. Sei stata un insieme di tornado, uragano, tempesta, arcobaleno, felicità. Ti ho sognata di notte e voluta in ogni momento della giornata. Il sole e la luna sorgevano e tramontavano con te. Ti amo anch'io. Solo che avrei preferito dirtelo in un contesto più romantico e in una situazione diversa che davanti a una merda di pozione.» La baciò ancora una volta.

Lei ricambiò con tutta se stessa. Si sentiva al settimo cielo. Tra quelle braccia era finalmente nel posto giusto al momento giusto. Non importava se sarebbe divenuta umana con la morte come compagna. L'importante era stare con lui per tutto il tempo che quell'unica vita avrebbe loro concesso.

«Quella serve per renderti umana?» le chiese, a un soffio dalle labbra.

Annuì, incapace di parlare. Le stava aspirando qualsiasi facoltà intellettuale.

«In cambio di cosa?» proseguì imperterrito.

Si scostò e si toccò il seno. «Di due taglie. La strega di Biancaneve ha accettato solo questo in cambio.» Avvampò e lui rise, abbracciandola forte.

«Meno male che possiedi ancora tutto l'armamentario e non hai ancora preso quel fetido filtro» mormorò tra i suoi capelli.

«Devo, è l'unico modo per essere umana come te» gli disse, guardandolo negli occhi. Con disappunto realizzò che da vicino, Palmenti era molto simile al principe azzurro che non l'aveva voluta. Sì, era il suo discendente ma veramente era quasi uguale.

«Sono io...» le disse intuendone i pensieri. Sirena si staccò e fece un passo indietro tenendosi il cuore.

«Sono immortale come te. Quando ho scelto lei e non te, esattamente dopo cinque secondi che ti avevo persa ho capito quanto fosse stata sbagliata quella mia scelta dettata dalla paura. Sì, avevo paura dell'immenso amore che provavo per te. Ho preferito scegliere un'umana per avere una vita tranquilla, sicura, senza scossoni. Da coglione ho scelto una vita normale invece di una vita con una meravigliosa pazza come te. Ti ho cercata ovunque, nei secoli. Non ti ho mai trovata, in nessun luogo terreno e acquatico» confessò portandosi una mano nei capelli.

Era scompigliato, addolorato, timoroso e a lei scoppiò il cuore di tutto l'amore che sentiva provenire dal suo principe. Percorse titubante i pochi centimetri che li dividevano e lo abbracciò forte.

«Ero tra le nuvole. Ti ho aspettato tanto, ti ho odiato, e poi amato, e poi ho pianto e poi...» gli disse confusamente.

Lui non la lasciò proseguire e la baciò come un naufrago che fosse tornato a casa. I loro cuori battevano frenetici. Ricambiò il bacio con tutto l'amore che le scompigliava le viscere.

Come un fulmine le arrivò l'illuminazione: finalmente aveva il Principe Azzurro tutto suo per l'eternità e, per giunta, non era dotato di nessuna orribile calzamaglia!

Quattro chiacchiere

Questo è il settimo e ultimo episodio della serie "Sirena sotto copertura" e spero che vi sia piaciuto.

Gradirei anche una vostra recensione, anche solo due parole, per sentire il vostro prezioso pensiero.

Su facebook mi trovate alla pagina I libri di Ledra dove potrete leggere curiosità, recensioni, estratti dei miei libri.

Se vi va di leggere qualcos'altro di mio questi sono i romanzi già pubblicati:

Serie Sirena sotto copertura

L'inizio (Episodio 1)
A caccia del Marchese (Episodio 2)
Sedurre Bestia (Episodio 3)
Agguantare Mela (Episodio 4)
Sognare Sonno (Episodio 5)

Nei panni di Scarpa (Episodio 6)
Il Principe dei principi (Episodio 7)

Serie I Piloti

Cuori in vetta (Prequel)
Puzzle di cuori
Un regalo speciale (crossover I Piloti e I Bacigalupi)
Il Calendario del cuore

Serie I Bacigalupi

Strage di cuori (prequel)
La disciplina del cuore (vol 1)
Un regalo speciale (crossover I Piloti e I Bacigalupi)
L'inganno del cuore (vol. 2)
Il palcoscenico del cuore (vol. 3)
La legge del cuore (vol. 4)

Serie Il mondo della scrittura

Una scrittrice in carriera
Una blogger in corriera